Forever

石川恭子

歌集

砂子屋書房

＊目次

装本・倉本　修

歌集　Forever

いろは歌

師走来て銀杏並木の黄葉のきはまる日々か冬に入りゆく

喪ひし楓大樹は歳々を冬の紅葉の遅きくれなゐ

血紅に葉を散らしゐし冬紅葉そのくれなゐをいつ忘れむか

冬至冬なか冬はじめとぞあたたかくいにしへの言葉空にかがよふ

〈わが世誰ぞつねならむ〉あはれあはれいま古へのいろは歌ぞゆかしき

日常の貌保ちつつ足早に歳月は歩み去り再びあはず

楓大樹

くれなゐにいやくれなゐに冬の陽は灼きゐたりけり師走楓紅葉《もみぢ》を

春の小花みづ若葉冬もみぢ葉と楓大樹の寡黙の月日

おほかたは人間にかかはらず生きゐつつ楓の樹師走紅葉降らしし

降りしきる晩き楓の紅葉をかなしみゐき歳々の師走に

紅葉もひとときの映え樹はすでに冬に向へり一葉もとどめず

人のいのちさへ儚《はかな》かり樹のいのち守れざりしを許させ給へ

うしなへばいよいよ恋ほし楓大樹血紅のその師走もみぢ葉

天の律

ふり仰ぎ天変の刻と思ほゆる月は蝕甚を進めてゐたり

夜の空に残る錆色の異形体かの十六夜《いざよひ》月の一片と知る

月の面今しも地球の影させり天涯一秒の狂ひもあらず

「やや遅延しました」といふ報あらば天の月蝕も親しからむに

正確無比の天体の歩み思ほゆれ天の律なほ美しくして

冷えまさりくる秋の夜赤銅いろの蝕甚の月を空に放置す

月球に映る地球の実体の巨き影見ゆ時刻む見ゆ

月面の大き鏡をよぎりゆく地球の翳のその中に棲む

しづかなる変幻に月は天ふかくみづから演ず月蝕の舞

月蝕の終りし十六夜の月光《つきかげ》にふたたびこぞる庭の虫の音

風鳴る日

久々に旅に出づれば沿線のをちこちにして木々はもみづる

土牢へ至る坂道くらぐらとして柑橘の黄のみのりたり

八幡宮大樹の紅葉奥深き池に映りてさらにくれなゐ

栗鼠あそぶ八幡宮の秋ふかく銀杏の黄葉散り降りしきる

冬の雨降りそそぎをり震《あした》より心安らぐごときその音

ノロ・ウィルス跳梁しゐる院内に年末年始もあらぬ消毒

今年初めて年賀の礼を廃したりノロ・ウィルス集団感染の災厄

アイスバーンとなりて危し廃業の家電の店の前なる道路

幾年を家電の店は雪の朝清しく雪掻きしてゐしものを

人間の一生《ひとよ》の姿思ほゆれ若き店主の老いて店閉む

遠きいのちここにゐしかも熱帯魚円柱水槽にきらめき泳ぐ

煌々と大寒の月照りをればくらぐらとひりひりと夜気は痛めり

寒満月おそろしきまで輝けりその魂のなき筈はなく

大寒の朝の光はすでにして早春の強き輝きもてり

大寒のきはまりてゆく日頃にて空に早春の色差しにけり

亡きひとの魂のごとひた照りて大寒の望の月あらはれぬ

雪予報出づれば前日の外来は混み合ひてをり春のいまだし

霏々として雪降り出でて朝の道車少なしきさらぎの花の香

春の雪遠きウィーンに眠りゐる亡き妹の今日は誕生日

きさらぎの光まばゆし寒風のすさべどあらがひがたく春なり

枯木立の木漏れ日のさす朝の窓遠き日のごと風鳴りてをり

一生かくて過ぎきつるかな病ひもつ人の辺天命のままにし生きむ

きさらぎの雪やみて今日雨水とぞ花みせにパンジーの花出でてゐむ

確実に何かが失はれゆくならむ無為の時間を惜しみてゐたり

風寒き光の春をフリージアの花の香りをかなしまむとす

ゆるやかにカーヴしてゐる夜の坂下りてゆくは安らぎに似る

ゆるやかに下降してゆく曲線をかのうたびともかつてうたひき

全身をゆだねつつまた制御しつつ坂くだりゆくはよろこびに似る

紅梅の咲ける街裏早春のかそけきよろこびに人は起居せむ

たえまなく車流るる高架路を遠景にせり春の雲浮く

アール・グレイの紅茶冷えゆきかなた時の流るるごとく車の流れ

春となる光に空は明るめりいづこより来るこのかなしみは

眼下の街見飽きて終日窓鎖《さ》すと四十階の住人語る

春寒のやうやく終り近づけば花の山ほのかに紅差しゐむか

心用意ととのはぬまに俄かにも満開となりぬ今年の桜

蕭条とありし大地に早や春とさくらおのおの咲き満ちきたる

たちまちに春の息吹のあふれ来て今年のさくら白々と咲く

心いまだ冬なるを桜咲き満ちてはや豪華なる春は真盛り

花満てる夜の隅田川この春に酔はむとあまた屋形船浮く

しるけくもしだれ桜のほの紅花《くれなゐ》咲きみちて夜目に匂はし

初老びとさびしげに商ひゐたりしが忽然と街の靴屋はあらず

靴修理いつもしてゐし店にして目に浮ぶ棚の新しき靴

永年の紳士服屋の危惧しゐし如く閉店し新マンション建つ

レイアウトの中心に赤きジャケットの飾窓輝く紳士服店なりし

カーヴする道に広窓光りゐしこの町の紳士服の老舗もあらず

満開の花山なれど寒き雨注げる一日人も出でざる

江戸びとの屈強の脚思はしめさくら下道勾配けはし

人も世もとどまらざらむ花のみは春くれば満ちぬさくらの山に

徐々にして遠景に退《すさ》りゆくごとくこの世の春の今うつくしき

誕生日賜はりしミモザの花の束エクス・アン・プロヴァンスの辻を思はむ

桜大木たわわに花の咲きみちてそのいのち今し笑み輝ける

地の上はさくら咲き満ちこの幾日早春の大気のままの花冷え

夕ぐれの染井公園たまりゐる落花すくへば生まあたたかし

花満てる大木を瞶《まも》る一年の至福の刻《とき》を今と知るかな

見上ぐれば夜もほの紅くさくら花大木にあふれゐるままの闇

たわたわとかすかにゆらぎ息づけり闇の中なる大木のさくら

この世ならぬ人のごとくに夜の空に現れをりぬ朧まろ月

いぶかしみあやしみ見れば空低き月は幻のごと消えゆきぬ

世の中は三日見ぬ間の桜かな喜びいひけむ嘆きいひけむ

夕ざくら行きくれて木の下陰を宿とせし人の心に眺む

魂あらば春の祝祭といふべくてさくら木に満つ今年の花は

花吉野

しづかなる日と思ほゆれひとひらふたひら大木のさくら花の散り来る

弘川寺春は来たりぬさくら散る寺庭ひそとたんぽぽも花

西行のみまかりまししし弘川寺八百余年花吹雪く春

弘川寺花は一面地に敷きてはげしき風雨の痕とどめたり

弘川寺桜はここに半ば過ぎゐたりきいかに花吹雪せし

観光バス賑はふ吉野山駐車場車のあはひ花の舞ひくる

春のいろ綴り綴りて吉野山谷につづける遠ざくら花

吉野山半ばは花の過ぎゐしに一木咲き満てるさくらに遭《あ》へり

吉野山さくら一もと咲き満ちてゐしゆゑ泪あふれきたりぬ

修験道山また山の奥峰にかすかに通ふあたり花いろ

歌書よりも軍書悲しくこの年も吉野染めゆく山ざくら花

み吉野の奥にしづもり如意輪寺芳魂甦《かへ》る山ざくら花

はるかなる尾根につづきて吉野山さくらは春のいろに発しぬ

花吉野のぼり来れば正行の鎧兜のひそと古りゐし

〈かへらじと〉歌句を刻りたる如意輪寺扉にとはの若き俤《おもかげ》

吉野山いく百年の花朽ちし土にひとびとの声こもりゐむ

吉野山中千本の喜蔵院黒き山門に花散るまひる

冴え冴えと鶯鳴けりこの谷のさくら咲き満つる大き空間

呼び交はす谷の鶯さくら咲く春のひと日のよろこびうたふ

ゆきゆきて花に暮れたる吉野山鶯の声もはやせずなりぬ

花散りて吉野は緑の風吹けり全山安らぎに似る吐息して

花吹雪あはれむなしも散る花は一つところにとどまらぬかも

八重ざくら咲きしづもれりほのかにも熱ばめる四月の若葉の中に

賜りしくれなゐの薔薇匂ひ立ち花のいのちをここに尽しぬ

著莪の花藤の花房かきつばた緑の風の吹きゐる園に

後楽園庭園の隅不老水なるほの暗き井は蜘蛛の巣懸る

生ま生まと藤波みだる庭園の藤棚に風吹き渡るとき

なびきゐるは獣の尾かも藤房に一陣の風吹きわたりつつ

雲の影過ぐれば房の藤波は色かげりまた色かがやかす

ひるがへる房の藤波園の昼無心の花と無心の風と

無言歌

夕月のいでてをりたり暑き日もかすかに風の立ちそめて来し

炎熱日幾日過ぎけむくれなゐのおもおもとして花百日紅《さるすべり》

さるすべり花百日紅《さるすべり》猛暑日の何日を経つつ咲きそめにけむ

恍惚とおのが世界に鳴きしづむ夕蟬のその心識《し》るなし

誰《た》がいのちの生れ替りぞ鳴きしきり夕べの嘆き知る蟬のこゑ

百日紅梢仰げばほの白く夕花房をゆらしてゐたり

炎熱に灼かるる日々に百日紅房のすずしき白噴きこぼす

一日を鳴き疲れつつ蟬のこゑ今は静もるか夕闇の落ち来し

あはれ小さき蟬の上にも恩寵の安らぎの夜のありと知るかな

百日紅の大木はひそと箴言のごとくに掲ぐ白き花房

神ここに見そなはしつつさるすべり今年の遅き花房かかぐ

まぎれなく夏　約束の花房は百日紅の梢《うれ》に蒼白きかも

青葉の香ながるる街を家たたむ心せはしく往き交ふ日々か

亡き夫の書庫整理すと幾日をこもれりかがやく外の面は青葉

亡き夫の蔵書の一部の代として渡されしわづかの紙幣かなしむ

年々の子らの背丈の目盛り記しし柱そのまま去りゆかむとす

先祖の霊に詫びつつ去らむ古き家かがやく青葉の中にしづもる

家具あらぬ古家となり経めぐれば家族の声のきこゆるごとし

断腸の思ひに今し佇ちをりと知る人もなしわが家毀《こぼ》つ

食事の合図に鳴らしし牛《カウ》ベル大切にせし鉄平石の応接間の壁

若き日の家族の哀歓沁みてゐる家なり時は容赦もあらず

喪失の痛みに耐へてこれよりは雑草生ふるままなる土壌

手に掬ふ土にしみゐるむここに生きし一族のこゑ風雪の音

ここに立てば若き夫幼き吾子の声われの一生《ひとよ》のたまゆらの日々

蟬の声ふとも途絶えてをりたりし空間ありき遠き夏の日

暑き夜の明けむとしつつ転々とせる月球の沈まむとせり

晩夏光やがて寂しくなりゆかむ百日紅大木咲きしづもりぬ

ひつそりと大樹の魂は花発しゐたりき晩夏白さるすべり

花盛る百日紅大木しろじろと夜に立ちをり無言歌みちて

夏終る吉田火祭り今宵にて遠富士は空に昏れのこりゐつ

後の月

花殻も蟬の屍も落ちまじり夏終りゆく庭の木の闇

昨今の秋の気配に花散らす百日紅の夏今年短く

新しき熱き金塊のごとき月昇りてをりぬ中秋の空

めらめらと炎立つごときその光強く新し中秋の月

いにしへも人かなしみき中秋の月の中なる海山の翳

葡萄実のごときくもりを透かしつつ月は熟《う》れゆく宵々の空

わが家の五十年前のすがたかと幼き娘と若き父あゆむ

原敬の暗殺地点流血は淋漓たりけむここ東京駅丸の内口

織るごとく人往き来せり東京駅頭原敬の血の染みゐむ床《フロア》

東京駅アール・ヌーボーのドームの頂美しき大き菊花刻《ゑ》りたり

原敬の斃れし床を小さき印に示せり復原の東京駅に

百年前の先人の技とどめゐる東京の駅ドーム父母も歩みけむ

百年前の西欧に伍しし駅壮麗日本を思ふ心遺《のこ》せり

去年《こぞ》の秋の黄をとどめつつ鎌倉の銀杏の押し葉手帳より落つ

太陽系の外に脱れしボイジャーははるばると風の中を往くらむ

宇宙への妙なる楽と人類の贈るバッハ曲ボイジャーに載す

五十五の言語をも載せ探査機のボイジャー太陽系を脱出す

規範はづれ自由の風にボイジャーは心躍りて宇宙を往くか

ボイジャーの還る四万年後の世いかなる微粒子としてそれを見む

人類はいかになりゐむボイジャー還る四万年後はあまりに遠し

かなたなる東屋《あずまや》に木の椅子二つ在りし人びとのこゑのとどまる

海近き埋立地なりはるかなる空をゆくなる秋鳥のむれ

海間近なるらし空の明るくてビルは基部よりあまた立ち上がる

どことなく空広ければ新しき街のかなたに海を感ずる

若きらにありて当然の時間なれ七年後のオリンピックにわが生思ふ

あはただしく終る一生《ひとよ》か振り返り長き生涯とふ実感もなく

それぞれにとはの旅立ちたとふればエアターミナルに待てる人々

若き日のまま物思はしげに手に垂るる葡萄の色の秋の頸飾

栗の樹も木犀の樹も喪へる寂しき秋に逢ひにけるかな

後の世と今をし思ふ樹々おほかた喪ひはてて生きゐるわれは

台風の名残の雲の迅《はし》りゐる夜空にかすか後の月見ゆ

彗星夢幻

トルコ青・エメラルド碧　岩石はかがやき蔵すその色彩を

断ち割れば岩の内部は青緑　地球組成の折の色彩

天の意志にて凝るラピスラズリ深きたゆたひの色を見にけり

東京タワー・スカイツリーは灯の海の波間に立ちて夜を輝く

灯を敷ける夜景は窓に傾けり更くればややに寂しその灯も

青き灯のＬＥＤ照明となりてゐるサンシャインビル秋冷のいろ

晩秋の穏しき日なり大小のビル群はるけき地平を限る

遠き街いづこの街ぞ晩秋のスカイラインはビル群の凹凸

晩秋の寂寥ゆゑに何の日にもあらぬ十一月十九日心に刻みき

博物館前　大正のみかど愛でましし樹齢百余年のゆりの大き樹

この秋の黄葉きざしゆりの木は悠々と百余年の生を楽しむ

洛中洛外に人さんざめく古屏風絵花も紅葉も今を息づく

ぎつしりと六曲屏風に京の四季生活《くらし》の上の黄金の雲

戦乱も遊楽も御所も寺社も描き洛中洛外花吹雪舞ふ

古屏風に人々のざわめき山河のいろ祇園祭の大鉾がゆく

闘鶏を見る人々の群の中非業に斃れし少年将軍を描けり

じんじんと冬の音地を伝はりて銀杏の並木日々に黄葉

ただ一樹全き黄葉となりてゐる銀杏黄金樹いまのたまゆら

須臾にして過ぎむいのちと思ほゆれ黄葉は今日まなかひに燃ゆ

残されしいのちいくばく晩秋の楓くれなゐに燃えつつぞある

夜寒なり秩父夜祭お囃しの稽古始まるとニュースに伝ふ

彗星の忽然として消えしとふ広き天界はそれも一些事

大彗星の崩壊残骸しばらくを宇宙にとどむその光跡を

氷塊ゆゑ太陽熱に崩壊す彗星の曳きし尾も夢幻なりし

晩秋の黒き葡萄《ピオーネ》の大房の店頭にあり野の最後の便り

Xマスの電飾の街へ〈もの総て変りゆく〉とその詩を口ずさむ

（悼　辻井喬）

〈もの総て／変りゆく／音もなく〉と都市の大海にうたひし人よ

劫初よりたゆまず空を歩みゐて太陽は若し人間は老ゆ

明日はまた日の昇りくる事信じ疑はざりき人　童《わらべ》のごとく

太陽は沈みし後も異土照らし臥処に休む時なしと知る

人の生死うたかたのごとき世を照らし億年を歩む日月の意志

陽光の島

黄葉へ銀杏並木の変容のおそろしきまで街にかがやく

銀杏並木黄葉のきはまれる下往きかふ人ら師走の貌なる

クリスマスの大き樅の樹灯りたり失ひしものに会ふ心地する

声たてず幼な児よりもかよわくて樹々は斃れゆきしかその魂もろとも

猛きこころわれにあらざり樹と共に生ききし庭を喪ひて知る

〈もう少しあとで思はむ〉と耐へきしが樹々の魂はわれをさいなむ

わが胸は木々の血潮の吹き溜り癒ゆることなく冬に入りゆく

木枯に黄葉は舞ひ街は冬へ古き想念の積れる冬へ

短日にさしかかりたり落陽の速度にたちまち年の暮れゆく

紅茎の楪《ゆずりは》の門に茂りゐしわが家新春を迎へきし家

門松に正月飾り五十五たび新春を寿ぎて来し古き家

振り返らず後悔もせぬ猛き魂にあこがれ苦き涙のみ下す

人さへも去りゆくものを大地のうへ常なるもののなきを知るべし

飛行せる一日のはてフランスの冬の地平に夕茜沁む

年暮るるアンヴァリッドの上空に朝月のなほ細りかゆかむ

冬枯れのチュイルリー公園の空はるか見えゐし朝繊月もあらざる

吹雪アルプス馬上に越えしより四百年今年もナポレオンの柩にまみゆ

歳の市は花の市にて年の瀬の島は車と人に賑はふ

マジョルカの空のま青さ辻々に冬も噴上の水の打ち合ふ

幾たびの冬を経にけむ南国の棕櫚並木陽のなほもまばゆき

市庁舎に銀行・デパート南国の島の街なみは観光の小都市

地中海の海の青みゆ松風に島は幾千年のいとなみ

サファイアの藍青のいろにはろばろと地中海の冬の潮見えはじむ

南国のマジョルカに歳暮れむとす夕べの鐘のかすか鳴りわたる

日だまりのオレンヂ畑色づきしたわわなる実は吹く風の中

はるかにも海の見えゐる修道院ショパンの聴きけむ鐘の音起る

ここにしばし在りにし人を在らしめよ一八三八年マジョルカの冬

マジョルカはいくたびの冬ショパン弾きし古きピアノその左手塑像

海見ゆる修道院の中庭はオレンヂの木に実の色づきぬ

地球なほ壊れもせずに新しき年迎へたり日月めぐりて

マジョルカの海より出でし真珠粒輝く胞胎《エンブリオ》の象《かたち》をとどむ

孜々として陽《ひ》と月めぐり太古より時を刻めり文明のうへ

オリーヴ畑アーモンド畑天地のめぐみをこぼす陽光の島

波の音かすかに鳴りて地中海冬の潮はきらめきを敷く

この島に前奏曲《プレリュード》「雨だれ」を成らしめし雨季のさびしき日々を思はむ

民衆の汗の染みゐる一ユーロ硬貨手にせり錆びしもまじる

目ざとくも見抜きて店員はあまた硬貨てのひらにすばやくも選り分く

カテドラル昏きドームは高々と幾世の人らの祈り沁む壁

カテドラル古き冷たき敷石に金乞ふ女二人坐りぬ

究極の救ひを求め端的に金乞へりプライドを投げ棄てて

海べりの島の町なれば貝を売り蝶の標本・鉱石を売る

花かまたオレンヂの実か香りゐる冬のマジョルカ去りゆかむとす

鎧扉《ど》を開くれば中庭《パティオ》青空に花の香りの冬も流れ来

去りゆかむ旅のこころにマヨルカのオレンヂの葉一葉手帳に挟む

地球より今年最も遠しとふ小さく懸れり寒の望月

たゆみなく軌道ゆく月遠く近く姿あらはしその思索を知らず

凍る月小さくかかればいやさらに宇宙の冷気荒涼とあり

はるかなるいちにんの旅人の姿にて月は天空の深処を歩む

さくら山

かなたなる高架路を今流れゆく車列と早春のひとときを分つ

寒気団触れ来しらしも午後遅く雪繽紛《ひんぷん》と窓に舞ひそむ

節分の夜なりはつか三日月の朧のいろははや春のいろ

小さく冷たき月より見れば地球とは温かくして賑はしき灯か

月といふ隣家の灯見ゆはてしなき宇宙の中にひそと親しく

誰もゐぬ月の明るき家見えてゐしかば死後の界そこに在り

雪となりし週末の街無人なる白銀の原を歩みなづめる

幻にあらぬ大雪街隅に残雪のいつまでも消《け》のこる

足元に白兎かとまがふ一塊り残雪なりと知れり夜の車庫

暁方に仕事場に息絶えゐしとふその終焉の思ひ知るなし

仕事場に斃れをりしを知らされぬ壮絶にして寂しき最期

開店より閉店の衝撃ショッピングパークに退店とふ掲示あちこち

食を支へくれたる店の閉店の夕べの寂寥の時間を歩む

日常がつづきゆくものと思ひゐき激動の現実の波に洗はる

知らずして一期一会の別れせしかこの世のまばゆき光の中に

きさらぎの大雪いまだ残りゐて東京マラソンを終れど春寒

荒々と季節は春に向ふらし風の冷たく雪もよひなる

きさらぎの二度の大雪より暖かくならざる春は三日月も鋭《と》し

あめつちをこめつつ春の大気立つ富士の白嶺も見えざり今朝は

マレーシアの旅客機行方不明なる二週間さくらの蕾ふくらむ

南インド洋荒れし海とふその底に旅客機呑みてさらに荒れゐむ

パースより二〇〇〇キロなるインド洋に沈みし二三九名のいのち

阿鼻叫喚のはてなる絶対の静寂《しじま》にてただ大洋の潮のひびき

幼な児もをとめもありけむインド洋の潮に消えたる旅客機のなか

かたはらにいのちを終るべく賜ふ春の花束愛《かな》しといはむ

薔薇百合もさくらもまじりいのちもつ春の花々今ぞ馨《かぐ》はし

賜ひたる春の花のごと君も君も一生《ひとよ》のみ歌咲き匂へかし

フリージア白き蕾ののこりなく咲きいでて春はさかりに向ふ

きさらぎの大雪の記憶のこりゐるさくら木に花今日は発《ひら》ける

ひそやけきよろこびここに咲きみちて辛夷の白は春を告げをり

この春の薔薇を供へぬ亡き夫の今日は卒寿の誕生日なる

ダイレクト・メールにあれど亡き夫へ死後十二年なほ来る便り

この世なる人と思はれゐるなればダイレクト・メールにも感謝せむ

はるかなる空に傾き満開の花のうへなるほの二日月

飛鳥山花の山なり花の下新人歓迎会のにぎはひ

この年の大雪しのぎ今はしも梢やはらかくさくら花満つ

爪かともほのかに白く繊き月花のかなたにひとときをあり

生れいでし新《にひ》二日月満開の花のかなたにほのかに匂ふ

よろこびの今しあふれてさくら木に花満てり侵すなかれしばしは

汲めど尽きぬ喜びここに汲めど尽きぬかなしみここにさくら咲く山

インド洋欧州航路客船の航《ゆ》きかひし海旅客機埋葬す

七〇年前彼我の戦艦ひしめける刻《とき》さへ壮麗なりけむ海は

早春の日々ぞかなしき『楡家の人びと』に流るる時ぞかなしき

かがやかに朝さくら花やはらかに夕さくら花は春をよろこぶ

水路

はらはらと額あぢさゐの藍青のあらはれ出でぬ万緑のなか

今朝見れば木香薔薇は花あらず花は人間よりいさぎよき

花殻は大地にこぼれうづたかし藤棚の下はや土のいろ

あやめ葺く夏来りけり浄瑠璃の人形は血と油にまみれ

大阪の堀川の水夜となれば家々に蚊を追ふ団扇のうごく

両足を挙げつつ血と油に滑り滑る文楽人形髪のざんばら

女殺油地獄の血と油流るる床に女《ひと》ひとり息絶ゆ

黒髪をばさと投げ息絶えにけり血と油の中近松の闇

女殺油地獄の床の血も油もすべりゆく炎暑へと

梅雨の華あぢさゐは街につややかに藍深めきぬ雨もよひなる

夏霧のかかればスカイツリー・東京タワー山野に佇てる人の寂しさ

目先《まなさき》のサンシャインビル欠落の灯も日常の呼吸のごとし

晴れの日の灯を挙りたるビルならず常の夜の灯を窓に親しむ

刊行の最初の一瞥に誤植発見するのが常と広辞苑編集者いふ

発刊直後たちまちに誤植見出しし痛苦をいへり辞書編集者

花終へし安らぎと花咲ける修羅万のいのちは夏に入りゆく

紫に白に鄙びて賑はしくあやめ咲きをり水生植物園

にぎはひし街道筋に呉服店陽のもとに長き歳月さらす

ここに生きし人びとの息吹きこもりゐむ街道の家並黒くくすめる

呉服店の奥深きところ蔵立ちて大樹と古井の中庭昏し

人々のざわめき残る古き店簞笥も棚も什器人形も残る

すつぽりと人は在らざり呉服店中庭も土蔵もそのままに古る

夏祭り古き写真に人若く汗の香の立つ山車《だし》にひしめく

小野川の水路にあやめ咲く夏を恋ひけむ測量の旅の忠敬

「ここしか店ありません」と貼紙潮来水路葭簀の店は甘酒を売る

六五〇万円と紙貼られゐて水路の売地あやめの咲けり

さつぱ舟に行き来するのみ利根川の家々は舟繋留の水面をもつ

河口近くたゆたふ水の押し合へり坂東太郎ゆたけき軀幹

魚族《うろくづ》のいとなみを納れ渺々と利根は千古を海にそそげり

ゆるやかにただゆるやかに季移り厳然として過去となりゆく

土に生ひ水に生ひつつあざやかに花菖蒲咲く手も触れがたく

花あやめはらりと水に開きをり縮緬の重きむらさきの衣

川舟はあやめの間漕ぎすすみあやめを廻《めぐ》りいつか遠ざかる

あやめ株水漬きながら涼しげにあざやかに重き花掲げたり

ひたひたと利根の川水江戸紫のあやめ明るむ一画のあり

関東平野灌漑しいまゆつたりと河口に近き川水濁る

はるかなる山の清水のしたたりか大利根の水海へたゆたふ

夏の鱧《はも》涼しげなりし料亭の今年閉ぢけり世の荒波に

初蟬の声の短く途絶えたり梅雨晴れとなる庭の梢に

とろとろと月の中心は軟らかく熱く火は燃ゆと学説のいふ

冷え切りし岩球にあらず中心に火は燃ゆといふ今宵三日月

まばゆかる夏のあめつち恍惚といのち短き蟬鳴きしきる

ながきその思惟より覚めて夕蟬は庭の梢に鳴きやみにけり

百日紅の街路樹今年のくれなゐの咲きそめぬ長き夏のはじまる

御堂関白の一日一日のこぼれくる日記よみゐたり千年を経て

草木供養塔

雲間洩れてまた陽は猛くかがやけりここ米沢はみちのくの内陸

照り渡る真夏陽のもとしづもりて米沢城下町あり時とどまらぬ

戦国の息吹こもらふ国宝の上杉本洛中洛外屛風にまみゆ

狩野永徳の魂ここにずつしりとあり五百五十年前の黄金屛風

信長も秀吉も見し洛中洛外屛風山鉾巡行のあたり手擦《ず》れて

五百五十年の時を湛へてしづもれる洛中洛外屛風黄金の雲

その前に人波絶ゆる時のありただ森閑と洛中洛外屛風

信長より謙信に贈られしとふ金屏風五百五十年前の京洛の四季

現《うつつ》なる京のざわめき盛りながら洛中洛外屏風なまなまとあり

応仁の乱以前の京の姿ぞと遙けきことをいひてかなしむ

四季流るる京《みやこ》はうつつぎつしりと洛中洛外屏風民衆の息吹きにみちて

狩野永徳の最期を描きし山本兼一みづからもそのごとく逝きしか

鷹山公の世農村復興に人ら働けり草木供養塔も見ゆジオラマに

われにも供養せねばならぬ草木のある故に草木供養塔といふを見つめぬ

開墾地草木供養塔に天明の農民夫婦手を合せをり

過ぎし世の石碑の草木供養塔博物館の庭に集められゐつ

いにしへびとの深き碑文字の残りゐる草木供養塔その心も残る

きりん草咲きそめて夏の高原はただ水音のみの一と日ぞ

台風の熱帯低気圧となり去りゆけば大地の上を立秋の風

高原の昼のひととき植物は虚空へと蔓そよがせやまず

植物のやみがたき意志蔓の先巻くべくひたに虚空を探る

水のひかり水の音のみ樹々はただ茂りつくせりいくたびの夏

流らふる山の大気の冷涼を炎暑の中に感じつつをり

葡萄棚重きみのりの房垂らす静寂のなかに歩み入りたり

ずつしりとみどりごの重たさに似る葡萄の房をうけとめゐたり

累々と重きみのりの房垂るる葡萄を享けぬ母なる樹より

あめつちの甘露凝れる一と房の葡萄を享けぬ母なる樹より

楕円の実シルクロード産の房まじる葡萄の市立つ初秋の峡

あまたの実剪定されて重き房黒きピオーネは虚空より垂る

重力のなすがまま稔りおもき房葡萄棚昏く収穫のとき

陽光も雨水もうけて葡萄房分裂体のまろまろとあり

この世なる光輝も暗黒も識りて去りし短き夏のごとき生命か
（悼　笹井芳樹氏　三首）

懊悩の日々にありけむ責務重く生命捨て果つ真夏の朝を

憂悶の日々焼きつくす炎熱の大地一軀をながくとどめず

はかなかる一つ喜び「明日は休み」とのみに安らぐ夢の中にて

「明日は休み」いくたびか確かめてゐきその事のみに安らぎを知る

永遠の安らぎ恋へどわれの日々生かされてゐる使命をも知る

百日紅遅き花房掲げきてこの夏に登場するものもうあらぬ

蒼白き花房かかげゐたりけり百日紅大木夏の静寂

黒揚羽朝の植栽に舞ふを見き今年もさびしき夏の終りに

雲の上煌々としてかがやける仲秋の熱き月のあらむか

日高川夜の渡し場に清姫の船頭呼ばふ声のひびけり

（文楽・日高川入相花王　五首）

安珍を追ふ清姫の情念の燃えさかるかも川に堰かれて

道成寺へと飛び込む清姫蛇体なせは日高川波堰きあへぬかも

大蛇となり泳ぎ渡らむ人形の清姫に逆まく日高川波

清姫の瞋恚にもゆる紅振袖川波泳ぐ今しも大蛇

花房のいまだも褪めぬ百日紅遅き夏日をここにとどめて

鹿の遠音

一枚の切手より浮び上る時代重要文化財大正四年「切通之写生」

どこかで見し開発の風景今もあると思ふ岸田劉生「切通之写生」

なまなまと拓かるる大正の切通し画面より赤土の香の立ちのぼる

かはせみの魚くはへゐる嘴のするどく長し眼《まなこ》も光る

小魚を二尾咥《くは》へゐるかはせみは巧者なるべし岩にとまりて

小魚くはへたちまち呑み込むかはせみは弱肉強食の世界に生きて

小魚は消化されゐむ羽つやつや青うつくしき翡翠《かはせみ》は飛ぶ

翡翠《ひすい》いろの美しき羽もつ鳥は冬木立のなか動く宝石

皇居の森よりの飛来と人のいふ日比谷公園池の翡翠《かはせみ》

「世界は美しかつた」二十九歳安楽死せしアメリカ女性の言葉

黒揚羽舞ひゐし秋の花草も終らむとせり朝夕の冷え

イスラム国に入り戦ふといふきけば砂漠の月のいよよ荒涼

車椅子に雨の横断歩道渡りゆく人みし故朝のこころ励ます

笛太鼓万燈の行列お会式《ゑしき》の秋の祭りに遇ふ明治通りに

お会式《ゑしき》の秋の祭りの万燈の行列にあはせて徐行の車列

鬼子母神へ万燈ゆれゆくお会式《ゑしき》の行列ながし秋闌けむとす

秋日和濠端の樹々は黄葉のかすか兆せり時流れゆく

いつよりぞ西にあらはれ光芒を放てり億年の秋の弓月

かなしみもまた億年といふべくて見つめてをりぬ秋の若月《みかづき》

その大き謎にも馴れて地球の上傍若無人に月球わたるを許す

心畏る秋空のなか整々と夜々月球のわたるを見れば

秋の日は釣瓶落しといふ言葉その束の間も夕闇の濃く

秋は夕暮れと書きとどめたり今の世も蒼茫として傾く大地

四十億年前のジャイアント・インパクト月生成の傷痕か大海鳴れり

いつまでも埋まらぬ海底の傷の痕月の去りゆきし億年の虚《うろ》

猛々しき海底火山の闇もてば陸とふは陽の当る楽園

晴れわたりしんかんとせるあめつちは立冬ただに朝鳥のこゑ

朝鳥のこゑのかなしさ立冬の梢《うれ》の鳥の世に誘はれゆかむ

ハロウィンの祭過ぐればはやばやとXマスツリー飾る秋深き街

立冬の朝抗ひがたく紅葉のきざす樹々あり時は潮差す

クリスマスセールの前のしばらくを秋粧はむ樹は黄に紅に

鳥の世は三枝の礼の美しき世にてあらむかはるけさに癒ゆ

鳥の世も弱肉強食の世にてあらむ今日日中首脳会談す

鉛いろに晩秋の雲の垂れゐつつ花舗にシクラメンの花燃えそめぬ

早逝といふこと潔し追憶の中なる友はいまだも若く

「いつまでも生きてありたきを」木犀のそのうた誦す逝きて幾年

写真なる座禅瞑想の僧の貌深沈と淵のしづもりにあり

明治の空青かりしかな菊の香の高かりしかなと父祖をし偲ぶ

夜深く鹿の遠音のラジオより流れきたりぬ胸いたむその声

ラジオより流れくる鹿の声あはれいにしへびとの聴きしそのこゑ

胸をかきむしるその声鹿の声きけば日本の秋深まりぬ

黄菅の芽はた農作物荒らすと駆除されて鹿の肉ジビエ料理とぞいふ

シャルトルの田園の道レストランは大鹿の首飾りゐしかな

秋深しはるか虚空に鳴きしきる牡鹿のこゑきけばかなしき

目白通り石の急坂を滑り降り小道曲れば友の家近し

亡き友の家今にし残りあはれかのなつかしき若き姿は佇《た》ちぬ

新江戸川公園近く友の家この秋の紅葉やがて飾らむ

老夫人の日和とか晩秋の日差しなほまばゆくてたちまちの夕闇

白銀翳

秋の森の香りつめたく伝はりて黄葉の樹は全き黄金

人去りて幾年経けむ旧宮邸庭園の木立紅葉《もみぢ》しそめぬ

ほのぐらきルネ・ラリックのレリーフ乙女ありし宴の騒《ざわ》めきを知る

喜びも嘆きも秘めて八十年大食堂アール・デコのシャンデリア照る

花みせにシクラメン溢れ灯輝けばよみがへりくる冬の記憶は

シクラメンくれなゐに咲き継ぐみれば遠き団欒のそこにし灯る

未練深き人間をよそにたちまちに葉を落し冬の梢となりゐし

すべて捨て冬へと向ふ覚悟いま凜々として裸木の梢《うれ》

軀《み》に刃当てらるるごとき思ひして汝を失ひき楓の大樹

移植するは難しといはれ楓大樹老いしその樹はかなしかりけむ

師走来て最も遅き紅葉なりき楓の樹五十余年共に生き来し

お吉が淵といふ名のバスの停留所くらぐらとして山下る水

蹌踉と入水しけむか見つむればお吉が淵なほ山水湛ふ

夕ぐるるお吉が淵のバス停に降りゆく通学の生徒あり

唐人お吉の息吹のなほも立ち迷ふお吉が淵は夕昏みそむ

鬼女となりて身を灼きつくす楓大樹年々の師走の炎の紅葉《もみぢ》

師走の夜の第九交響曲友の声もまじり合唱の響き高まる

歳末のイルミネーションきらめける街に反原発のデモの群れ

あらたまの年の始めの仕事の日焦土に立ちし亡き父思ふ

寒に入る今朝はも春の近からむ伊豆に梅咲くといふ便りあり

ちらちらと雪舞ひきたり大寒の街は暗鬱の一と日なれり

テロ人質殺害予告時刻過ぎなほしんしんと刻む秒針

祖国いかに遠くありけむ人質としてイスラムの地に捕はれて死す

望郷のいまはのこころ遠きその眼差しに見ゆ囚衣の二人

振り向きて自己責任といひて去りき荒涼のイスラムの地平の彼方へ

吉野葛溶けば幼な日顕ちきたりあはあはとして葛湯はさめず

父母《ちちはは》にまもられありし幼な日の昭和の家に温かかりし葛湯

年経ては幼なに還るか吉野葛熱き湯に溶きゐたり寒夜を

西行もかくありけむか吉野葛熱き葛湯を掌《たなごころ》にす

パリ行最終便は始動せり「パリは雪」との機長放送

つぎつぎに海鳥泳ぎくるさまにナポリの海は波立ちさわぐ

ナポリ湾今日は晴れたりしろじろとただ朝羽振る波たえまなく

ヴェスヴィオはうち静もりて火の柱吹きし二千余年前問へど黙然

ヴェスヴィオの二千年永き眠りの底ポンペイの町のざわめきを敷く

ひねもすを風の海にてがうがうと鳴る風音は二重扉にひびく

堆《うづ》たかきレモンをしぼり旅人を迎へむとせり港のホテル

たわわなるクレモンティーヌの黄金の冬実の並木ソレントの昼

小舟にて網曳く漁夫ら描きたりかなたヴェスヴィオの山の静もり

エンリコ・カルーソーの店の夕餐にこやかに「還れソレントへ」弾くギタリスト

「還れソレントへ」響かふきけばこの海より還らざりし漁夫・船員・戦
士たち

旅の人も還らざりけりソレントの灯台の灯は夜々またたけど

またもわが忘れ得べしや朝のホテル「還れソレントへ」弾くピアニスト

プロシダとイスキアの島身廻《めぐら》せばカプリはありぬちかぢかとして

フニクラに登り来りぬカプリの山冬海の青風の白波

二つ山カプリの島の影の見ゆ古代の岩はあらあらとして

鷗飛ぶソレントの空ひねもすを潮鳴りこもる海の迫れる

船着場のベンチ日すがら冬風に塩乾きをり粒しろじろと

冬海の青を見放くる島の径ふと現はるる詩人に逢はむ

モンブランゐるアルプスの白き輝きを眼下《まなした》にせり昼を半月

見る者なきアルプスの雪の輝きを機上うつつに越えゆくしばし

雪の翳無限に陽に聳《た》つアルプスの白き輝きにもの思へとぞ

アルプスの白銀の界わたりゐる昼の月見慣れし日常の月

アルプスの白く輝く神の座に入りきてしばし泛ぶ機に在り

大き地球の背なる山々白銀にひねもすをただひそまると識《し》る

終日をひた輝きて光移るアルプスの山の無言に対す

大いなる静寂《しじま》領せりアルプスの白銀の峰の起き伏す上に

他界かと思ほゆるまでの輝きにアルプスの座は白銀の翳

また見むと思はずば去り難きかな旅のこころはかなしみに似る

うつつなき旅の果てなるソレントの渚に寄する冬の朝波

シャルル・ド・ゴール空港の朝満ち引ける旅客のむれの中なるひとり

マルメゾン今日を来りぬ咲き乱るるジョゼフィーヌの薔薇の盛りならねど

すみれ咲く冬マルメゾンあらあらと風吹く土に時流れゐし

身悶ゆるごとき光に夜深きエッフェル塔の点滅のとき

月かかる深夜の一時エッフェル塔その狂乱のさまも見たりき

夜ふけてエッフェル塔も闇に消えジョゼフィーヌの横顔のごとき月あり

廃兵院《アンヴァリッド》ナポレオン父子の眠りの上ただひとつ遺る月は照らせり

灯を消ししエッフェル塔は闇のなかなほ存在の消えがたくある

エッフェル塔闇に沈めど目を凝らし見る迄もなしその実在は

街のかなた寒残月の織りゐつアルプス白銀の上にありし月

白銀のアルプス無人陽は昇り沈めりひねもすただとこへに

梅の里

早春の日差しにひたに帰らざる刻流れをり昨日《きそ》君の葬

幽明の境を超えてゆき給ふ多く戦友なりし友どち

二月の光かがよふ見ればゆきゆきてとどめやまずも時の流れは

友ありし日々のごとしも木々の梢《うれ》に早春の陽の明るむ見れば

知らざればよかりしに末期の水もなく逝きし人々撮されてをり

膝まづく一列の捕虜の政府兵若く美しき貌死にゆけり

檻の中うつしみの捕虜立ちゐつつ炎はたちまち人体つつむ

ブルドーザに瓦礫となせり焼亡の人質の屍にまじる薬莢

父母も妻子もあらむに一列に砂にひざまづき首刎ねられつ

生没年未詳といへるゆかしさに一夜をのぼる月こそ古人

冬越えしよろこびに今し白梅も紅梅も咲けり北野天満宮

坪庭の陽にあざやかに紅梅の咲けばうれしき京の早春

すがやかに古代をとめの佇つごとく紅梅咲けりいくたびの春

織るごとくいにしへびとの影させり北野天満宮梅花の祭り

千年を踏み磨りし北野天満宮のきざはしに立てば満開の梅

洛中洛外屏風の一端に立つ心地北野天神梅咲き満てり

寒風にまづ咲きいづる清く凜々しき梅を愛しし人のゆかしき

配所より一歩も外に出でざりし人を思へり梅咲きそめて

荒海に漕ぎ出づる舟に流され人菅公坐すと古き図絵あり

幾年を忘れざりけり梅咲きて今年も愛《かな》しき春を告げゐし

北野の春詣づれば紅白千年の梅咲き匂ふ詩章は古りて

梅祭り出雲お国の念仏踊り小屋がけせしも北野の春か

うつし世は夢まぼろしと思へとぞ日月無韻の響き増しきし

ここにありし幾春の白き辛夷はも目に残りつつ人さへも無し

ここにゐし人さへあらず冬過ぎて春来れども還り来たらず

入間野は欅林の芽ぐみゐて水ながるるところ紙漉く音す

楮《かうぞ》・三椏《みつまた》・雁皮の裂かれ干されゐて紙漉きの里春動きそむ

とろろあふひを混ぜこみ雁皮の紙の液安定せしめざぶざぶと漉く

紙漉きの液をゆすれば枠内の網に植物組織和紙として留《とど》まりぬ

水の重量紙漉きの腕にかかる故機械もて助力の枷をつるせり

紙漉きは町工場に似るたたずまひ立ち仕事にて重労働なり

ざぶざぶと紙漉きの音ひびきつつ早春の里にしらかみ生る

春浅き入間の里に漉く紙の白きを干せり技《わざ》受け継ぎて

紙漉くは重きなりはひ早春の冷たき水に手をさらし揺する

楮煮てアルカリ加へとろろあふひ加へし水は槽に粘つく

紙漉き唄ある筈もなし目を凝らし腕に力こめひたすらに漉く

手漉き和紙調《みつぎ》として京に納めけむ物語も和歌も書きしるされつ

ユネスコの世界遺産と和紙の里人むらがれどなほひそけかる

古代なる植物繊維もて成りしパピルスは香りも色も褪せゐし

羊の皮に記しし文字の稠密に大き聖書は厚く重かる

パピルスも羊皮紙も人の願望より成れり累々と智は堆積す

紙一枚高価の故に裏に記し行間に書き記しつくしし

手に戴する和紙の一枚無限なる白のうへにて心記さむ

早き春はここに至りて梅しろく咲きしづもりぬ越生《おごせ》の里に

しろじろと梅の林は暮れなづむ越生の里の山ふところに

残雪

さくらばな咲きあふれきぬ荒涼の街にうつくしき春のいろ見ゆ

鉄とガラスのビル街のあはひ春いろにさくらの花のほのやはらかし

千鳥が淵さくらは枝の先までも満ちきたる重々と熱くつめたく

九段の桜無心に咲きてこの春も花雲なせりまた会ふべしや

十三夜の月ある花の枝仰ぎ千金の夜を惜しまむとせる

きびきびとさわやかに桑原体操の号令の聞えくるごとき春の日

咲き満ちてうごかぬ万の花々の上わたりゆくひとつ月影

咲き充つるさくらに圧しくる力あり地にたぢたぢとして人らあり

鬱屈の冬の心を押しひらきさくら花喜びに咲き溢れきぬ

人を酔はしめ街を酔はしめうつくしく今年の桜咲きしづもれり

匂はしく咲きあふれゆくさくらばな静かに眩暈するごとき日々

さくらちる三千院のきざはしに君ありし春を思ほゆるかな

幸せの花雲につつまれゐたる数日こそはうつつなかりし

染井吉野クローンのゆゑに一斉に咲き散るといふされどうつくし

きらきらと桜花びら舞ひ散りてをれば今年の春をたたへむ

寺庭におもおもとして咲き満つる八重の桜の大木の春ぞ

ずつしりと八重さくら大樹咲きみちて寺庭にしばし春はとどまる

寺の庭八重さくら大木咲き満てり春をうたふや春に思ふや

花万朶いづこへ去りし蕋紅く舗道に敷きて春闌けにけり

うすくれなゐ春の息吹に熱かりし花は梢に去りてあとなし

檜の林あゆみとどめつ梢より風のそよぎの聞えくるのみ

主《あるじ》いましし日もかくありけむひねもすをさうさうと風の檜の林

富士に向ひしばしををりぬ御殿場の春に照り映ゆ白き高嶺は

羊集めし鐘の残れり自給自足励みましけむ日々を知りゐむ

樹齢百三十年のしだれ桜今年の芽吹きの緑そよがす

思ふことあらざらむ朝の富士に向ひ八重の桜の咲き溢れゐつ

御殿場のバス案内所夕富士の大きすがたをかたはらにする

御殿場は夕暮れて富士の山体はかなしく大きくなほ見えてをり

大き古人のごとくかなしむ春の富士麓に一日眺めゐしかば

四季の中とりわけ君の愛でまししとふ春の富士雪と花かざる

能登の海青き五月は打ち寄する波あざやかに白く輝く

日の光強けれど風冷たかる五月北前船の海日和なり

能登の国山の鶯山の風吹き流れくる新緑の寺

鳶舞へり青々として一片の雲なき五月の能登の大空

若き日の等伯見けむ能登の国七尾に永き春の夕映え

羽昨《はくひ》の海五月の潮のいちめんに眩ゆく白く照らひやまずも

能登七尾山車《だし》ゆきて露店ひしめけり祭は初夏の海を背にして

祭明けて山車解体の境内を過ぎきぬ町は閑散とせる

輪島塗の漆器の黒に照りやまぬ新緑のいろ能登つつじの紅

朝日差す輪島朝市青々と海は凪ぎたり旅の人むれ

等伯のふるさとの能登霧の中の松林をも過ぎて来にけり

家持の見し立山は春の雪斑《はだ》らに立てり新幹線の窓に

渓の水豊かに流れ下りゐむ立山の襞は春の残雪

鐙漬《あぶみつ》かし川の水急ぎ下りゐむ立山は春の雪消えのこる

生ま生まと牡丹ひらける寺きざはし能登に今年の春を惜しめる

京五条牛若丸と弁慶のたたかひの上文楽の月

いつのまに舞台の空に上りゐるいにしへ文楽の月をかなしむ

果樹園

木香ばら橘の花五月の朝を香ればまたなき日と思ふかな

山幾重霧白く立ちのぼりゆく甲斐の国いかに人の生きけむ

甲斐の路梅雨に入りつつ白き霧わきくる見れば山の国ここは

甲斐の町小さき鉱石加工所の処々にありつつ山の国ここは

見る見るに白く霧流れをりたれば梅雨の山路は旅ごこちする

山霧の立ちのぼりゆく甲斐の国梅雨の雲切れ強き陽のさす

葡萄青葉ワイナリーつづく果樹の里桜桃も紅く実りてをりぬ

桜桃の輝き照らひくれなゐの実の鈴生《すずな》りに果樹園の昼

実を摘みて口に含めば桜桃のあたらしき力身に流れ入る

戦国の武将の心鎮めゐし黄金・水墨・花鳥山川のいろ

老若男女鳥獣も蛇も虫も来て嘆く釈迦涅槃図をもろびとは見し

人あらず絵のみ遺りぬ屏風には戦国の世の草の花々

若き日の心のいつかよみがへりキングスウェル庭園《ガーデン》に六月の薔薇の香

あゆみ入る庭園の小さき一隅は君ありし日の薔薇の薫りす

恩寵のここに滴《したた》り柑橘は葉がくれに実をあまたつけたり

朝正座して先づ文書きていましたり戦後晩年の師の君の夏

太陽系はるけき果ての冥王星に山ありて無人探査機の写す

冥王星しんしんとめぐり六月の梢には小さく青き柑橘

梅雨あけの大きあめつち炎暑つづき今日は稚《をさ》なき初蟬のこゑ

新しき浴衣の少女立ち群れて炎暑熊谷の夜の夏まつり

連日を三十七度とふ熊谷の町は太陽に白く煙れり

途切れつつ鳴きそめゐしが暑き日の夜に入りて初蟬の声のととのふ

この年も夏の舞台にあらはれて白百日紅《さるすべり》咲きはじめたり

果樹園の桃色づけり甲斐の国日夜の湿度差がそを育くむといふ

陽光のもたらししもの雨と霧と土壌の育くみしもの桃の美しき実

炎熱の桃の畑に反射シート設置して営々と宝の実育くむ

甲府盆地より立ちのぼる炎暑あり険しき斜面に桃畑あり

愛ぐし娘《こ》を手離すごとき思ひならむ桃の実はほのか色づき実る

桃の木に手触れ愛しむ幼きわが皮膚を癒ししやはら桃の葉

陽光の差さざる夏は実の白きまま落つといふ桃畑なり

いくつかは白き小さき実の落ちて桃の畑は炎熱のなか

黒き潮

わが生《あ》れし　日の本の國　翳り来し　少女の日々は　たちまちに
真闇なしゆき　目もくらむ　戦ひの世に　いつの日か　終りも知らず
ひたすらに　国ともろとも　果てなむと　思ひし日々ぞ　まなびやの
伝統の園　アルモンド・タワー仰ぎて　学びしも　わづかの間《あひだ》　見る見るに
戦塵立ちて　校舎みな　工場となる　ひたぶるに　われら磨きし　清らなる
学びの床は　大小の　機材運ばれ　泥足に　まみれつくしぬ　悪夢かと
思ひ惑へど　暑き夏の　学校工場　一心に　われら習ひつ　たどたどと
造る無線機　疑ひを　知らぬ目にさへ　脆弱の　不精密さは　近代戦の
この大戦に　役立つとも　思はれざりき　戦後いま　七十年の　はるかなる

昔となれど　忘れめや　学校工場　初の日に　なだれきたりし　平和なる
学びの園に　どす黒く　襲ひきたりし　戦場の　その魔の潮　花園を
踏みにじり来し　戦争の　黒き潮を　大きちからを

反歌

戦ひの暗き世に清《すが》しき学びの舎《や》少女らひたぶるに無線機造る
部品待つひとときありて図書室にわれら学びき苦戦の日々を

スーパームーン

たまさかの人の声絶え夏山はゆく谷水の永劫のひびき

夏鶯みじかき声をききしのち高原は草の水の音のみ

きりん草咲きそめてをりこの年も高原ははや秋風立ちぬ

火をもてる火の山はいま束の間の安らぎか大き浅間夏嶺

二百余年静もれど浅間火山岩かの奔騰を忘れ得ざらむ

秋のきりん草同じ形象に咲きいでて高原の花の分布を見しむ

とどまることしばしもあらぬ川の音いにしへもまた今もさびしき

かそかなる瀬音をつねきくまでにしづもりをりぬ夏のあめつち

くれなゐに深きマグマの火映見え夜の浅間嶺火山のけはひ

身の底に涼しさの徹りゆくまでに川水の音を聴きゐたりけり

冥王星に常凡の山写れりと探査機の映像の奇しき

荒涼の天体ならず渾沌の火球にあらず遠き冥王星
惑星の域に至らぬ小天体冥王星に熱源ありといふ
はるかなる時流れをり全知なるものへとやがて心は至る
造物主の哄笑のこゑ冥王星にいたりて愛しみのこゑ夢幻より

惑星の外なる遠き準惑星冥王星は日常の山を見するよ

箱根山・桜島・阿蘇山も噴煙のぼりゐて火山列島に住みをりわれら

地底なるプレートのせめぎあふ力不安の上に住むなり人は

地球の上流るる川の地国見つつ長く暑き夜を過ごしてゐたり

地を刻りて大河は流れ治水といふ水の制御をなしし人の智

チグリス・ユーフラテスのゆたかなる響きのよけれ古代大地に

無駄にせしあまたの時間たまゆらの生を惜しめと神ののたまふ

神の叱責は我に届けり雷に打たれしごとく友病みたまふ

あやふかる命一つを抱ければ君も君もかなし真幸《まさき》きくいませ

雲いでて中秋の月高澄めり地に迷妄の人らを置きて

夜の冷気増しくれど空の軌道ゆく月は炎々と常にしひとり

夜すがらを見るあたはねば白熱の月はこれよりほしいままなる

皓々として中秋の月ひとつつひに人界にあらねばさびし

月にむかふこころはやがて冷えとほり帰らなむ人の世の賑はひに

虫の音は大地に満てり昇りこしスーパームーン面を灼けり

近づきしスーパームーンあかあかと今し地球の夜を見守る

弁当箱

今を去る　八十年の　わが小さき　弁当箱は　朱茶いろの　漆塗りにて
楕円なる　雅びの器　その蓋の　左下隅に　金文字に　姓と名前を
うつくしく　刻印したり　父ははの　遅く得たりし　我はしも　初《うひ》の児なれば
入学を　喜ぶあまり　選びつつ　調じましけむ　小学校　昼の時間に　銘々に
取り出す時は　いかばかり　人目ひきけむ　幼くも　学校社会　のぞきこみ
はやし立てつつ　いち早く　「今日のおかずは」と　をどりつつ　叫ぶ子のあり
弁当を　中途で蔵《しま》ひ　毎日を　やうやくにして　過しつつ　家に帰りて
泣きわめき　皆と同じき　アルマイトの　弁当箱に　して欲しと
頼みつづけし　ああいかに　小さきわが児に　その夢を　かけ給ひけむ

人生の　学びの首途　真幸《まさき》くと　願ひましけむ　愚かなる　親の仕業と
な咎めそ　蔑《なみ》し忘れそ　今はしも　一生《ひとよ》のはての　ふとしたる
夜半の目覚めに　ほとばしる　涙はるか　父ははの恩

反歌

父ははの夢の多くを我つたなく実現せざりしことの悲しさ
迫り来し戦火の中に失ひき小さき弁当箱わが目に残る

野の果て

かすかなる潮鳴りはつねこもりをり海のほとりの秋の大気に

マスクメロン大きく熟れて蔓に生《な》る暑熱のハウス出づれば涼風

一株に一つ大きく生《な》らしめてマスクメロンの選択の生

試行錯誤の長き辛苦を思ひをりマスクメロンの汁滴《したた》れば

メロンの葉茂るハウスにひつそりと大き球実は重く熟《う》れたり

メロンの葉わけゆくハウス一株に一果の実りまろく重たく

野の果てに秋の夕陽の沈みゆく見知らぬ町に妹の病む

いぶかしむばかりに大き月いでてをりたりむさし野の果て

後の月といへども明し見る人もなき野の果ての町にのぼり来

秩父庄司畠山重忠の所領武川深谷に後の月影

「一所懸命」野の土塊《つちくれ》にしみてゐむ鎌倉武士の血しほは曝《さ》れて

畠山重忠花も実もある武士といふその所領なる武川ここは

道端のゐのころ草は若き穂をそよがせゐたり武川の野に

むさし野のはてより十六夜の月の無言にのぼりきたりぬ

鎌倉八幡静の舞に鼓打ちしゆかしき武士ぞ畠山重忠

お会式の賑ひすぎてゆきし街鬼子母神黄葉をやがて急がむ

鬼子母神一茶も過ぎてゆきにしと振り返りみる秋深みたり

クリスマスツリーはやくも点灯すハロウィン過ぎて晩秋の街

草津白根噴煙のぼり入山の規制されをり全山黄葉

観光客ゐざればバスは空席に白根山今年の秋深みゆく

山頂の湖は空の青いろを映しゐむ草津白根また秋

人のゐず甘酒も五平餅もあらず白根山頂は今年さびしき秋か

白根山噴火の予兆にしづもりて紅葉の山は冬に向へり

一夜過ぎし時雨のあめにまろびゐし柑橘の青き実を拾ひ上ぐ

陽と雨に重く実りて柑橘の青き実はあり時を湛へて

柑橘の落果を惜しみ飾りしがその傷しるくあらはれきたる

ヘルムート・シュミット薔薇の秋日和九十六歳の逝去をつたふ

ゆきゆくを誰かとどめむたまきはる生命の火の燃えて尽くるを

古河庭園いくたびの秋薔薇園はとりどりに薔薇のかそけき香り

晩秋の薔薇園に咲き残りゐるヘルムート・シュミットの黄の薔薇の叢

秋の陽のかがよふ一日薔薇園の終りの薔薇を見て歩むかな

マリア・カラス、シャルル・ド・ゴール散りてあらぬ薔薇の名読めり秋深き土

東西の冷戦に傷みし心なれ時代は過ぎてヘルムート・シュミットの薔薇

一九七九年創出と黄薔薇一株ヘルムート・シュミットの名に

戦後時間引きつぐ薔薇の大輪のピースこの秋の花終へむとす

薔薇ピース黄色に紅をふちどりてたわわに戦後の平和ありにし

豪華なる秋の錦の一端の懸かりて古河庭園は紅葉

晩秋の陽の中の薔薇園咲き残る薔薇と友あり長く忘れじ

黄落の道となりたり冬に入る街しばらくはここ行かしめよ

クリスマス・コンサート開く小ホールをさなき団欒の灯のまばゆけれ

ここゆけばはるか戦後の思ほゆる西武デパート冬の電飾

亡き友があざやかに紅き車駆りし街角のみは遺りてゐたり

冬となりし気圧配置かこの朝はいたましきまで黄葉の降る

はらはらとたえず黄葉の降りそそぐ街なり冬の入りあはただし

過ぎに過ぐる日々を綴りてこの秋のまがなしき京の紅葉も見ず

街の上銀杏の黄葉すさまじく降りみだれをり師走の風に

精励の友の姿は今日あらぬ歌会の窓の外黄葉の降る

Forever（永遠に）

師走の日歌会最後の空席にいつまで待ちても来ぬ友今は

真新しく改築されし病院に友は病み臥すかりそめのごと

冬の空あをあをとして見晴しのよさ病室をよろこびいます

ゆきゆきてかへらざるかなおごそかに今は幽《かく》り世に赴きたまふ

かの声音《こはね》手の温《ぬく》みいまだ残れるにみいのち尽きていゆきたまへり

少しでも長くと祈りし日々なるにみいのち天へ召されたまへり

「ここはどこ」と問ひいますや俄かなる病に逝きし友を思へる

名簿とふ冷酷なるもの掌《て》の上にしんしんと重き死者たちを載《の》す

若き日の君も故人となりゐたりかの日のままに再び会はず

世に栄えし人も鬼籍に入りぬると新名簿届きし冬の夜半を寂しき

君が老い知ることはなく若き日のままにいましき〈Forever〉のサイン

パリ行最終便の夜の空同行者ずつしりと重き月あり

同時テロの傷に痛める冬のパリ大地の上に車輪を印す

歩みゐるアルルの古りし石だたみ夕べの鐘の鳴りはじめたり

年越しの賑はひの町虚空には夕べの鐘の鳴りわたりゆく

ポプラの葉落ちつくしをり今日を来しアルルの古き跳ね橋の辺に

跳ね橋は下りゐて人と驢馬わたるその絵にとどまるゴッホの時間

小運河の古き跳ね橋アルル野にただたまゆらの休止のごとく

たえまなく水は流れてのどやかに野に残りをりアルル跳ね橋

人ならず残りし橋のかなしかり手業細かに跳ね橋かかる

旅人の記念に削がれ跳ね橋は造り替えらると案内人《ガイド》は笑ふ

サン＝レミの病院の庭ゴッホ描きしアイリスの花冬を咲き残る

石造りの病室は古き修道院の建物にしてゴッホ病みゐき

鉄のベッド遺りてゐたりゴッホの病室は春咲かむラベンダー畑見おろす

松毬《まつかさ》つけし松の林と糸杉はなほ絵のままにプロヴァンスの丘

悲しみの深き目色に自画像のゴッホわれらを見つめてゐたる

耳切りし繃帯のまま自画像は描かれていつまでの孤独ぞ

冬土に花咲きそめしほの白きアルルの薔薇の一輪と目が合ふ

ゴッホ描きし「夜のカフェテラス」の一隅にうつつにあれど慰めがたし

旅の日のアルルの古き教会に幾世の人にまじれる祈り

あとがき

本書は『黄葉の森』につづき、二〇一三（平25）年から二〇一六（平28）年に至る迄の作七四五首（長歌二首を含む）を収めました。

喪失の体験からか、この間体調をくずし、中途でしばらく手をつける事が出来ませんでした。

今回ようやく刊行の運びとなりましたが、日暮れて道遠しの感で一杯です。

永い間見守り頂いた砂子屋書房 田村雅之様に心より感謝申し上げます。

石川恭子

二〇一八年　晩春

素馨叢書第三〇篇

歌集　Forever

二〇一八年六月二〇日初版発行

著　者　石川恭子

発行者　田村雅之

発行所　砂子屋書房
東京都千代田区内神田三―四―七（〒一〇一―〇〇四七）
電話　〇三―三二五六―四七〇八　振替　〇〇一三〇―二―九七六三一
URL　http://www.sunagoya.com

組　版　はあどわあく

印　刷　長野印刷商工株式会社

製　本　渋谷文泉閣